KB269551

산다는 건 대단한 일이다

박
유
인

시
집

1부

이별 그리고 그리움

경춘선

경춘선 기차를 타고 대성리를 지나치다
우리가 처음 만난 날을 기억했어
담배 연기 매캐한 음악다방
실내를 가득 메우던 팝송
네 얼굴 뒤에는 달무리가 서려 있었지
쿵쾅거리는 심장을 들킬까 봐
얼마나 조마조마했던지

강물 위에 떠 있는 남이섬을 차창으로 바라보며
뜨거웠던 우리 사랑을 돌아봤어
손잡고 거닐던 교정
오월의 축제
열광하던 가요제
데모대와 진압 경찰의 대치
최루가스 속에서도 우리의 사랑은 타올랐지

강촌을 지나면서
네가 떠난 이유를 짚어 보았어

우리가 같이 보낸 봄이 다섯 번이었던가

네가 말없이 떠난 이유를

난 아직도 몰라

길었던 불면의 밤

쓰라린 방황

경춘선 종점에서 내려

반짝이는 소양강 물비늘을 바라보고 있어

해는 저물어 가는데

네가 보고 싶어

공항의 이별

너를 사랑했다는 말 거짓이 아니었어

나를 사랑했다는 말 아직도 믿고 있어

그럼에도 우리가 헤어져야 하는 것은

청혼을 하지 못한 내 탓인가

좀 더 기다리지 못한 네 탓인가

누구의 탓도 아닐 거야

하늘의 질투 때문일 거야

난 그렇게 믿어

원망도 후회도 하지 않아

사랑이 항상 해피엔딩으로 끝나는 것은 아니므로

상사화 알지

봄에 이파리가 솟았다 지고

여름에 꽃이 피었다 지고

이파리와 꽃이 영원히 만나지 못한다 하여

이별초라고도 해

비극적인 사랑을 상징한다지

바다 건너 그곳에 상사화 이파리가 솟으면

널 그리는 내 마음이라고 생각해

바다 건너 이곳에 상사화 꽃이 피면

날 그리는 네 마음이라고 이해할게

슬퍼하지 마

난 널 사랑하므로

괴로워하지 않을게

난 네 사랑을 믿으므로

우리의 사랑은 언제까지나

진행형이야

안녕

재회

늘어도 너무 늦게
다시 나타나
오장육부를 흔들어 놓는 그대
얄궂다

너 떠난 후
널 잊은 적 없어
사랑해 아직도

비극적인 첫사랑을 완성하기 위해
우리가 살을 섞고 부대낀다면
순정이 깨질지도 몰라
알잖아
사랑과 삶은 별개라는 걸

이런 말 내키지는 않지만
너는 네 가족에게로
나는 내 가족에게로

가기로 하자

애틋했던 우리 옛사랑을

내생來生에까지 가져가기로 하자

안녕

코피

엄마가 없어도 울면 안 돼

넌 그럴 수 있어

씩씩한 아이니까

병실 침상에 누워 가쁜 숨을 몰아쉬는 엄마

곁에서 사과를 먹던 아이는

혼잣말 같은 엄마의 당부에

하마터면 토할 뻔했습니다

엄마가 잠든 사이 병원을 나와

집으로 가던 아이

자꾸 눈앞이 흐려져서

마주 오던 군인 아저씨의 가슴에

얼굴을 박았습니다

코피가 났습니다

제일 좋은 사람

세상에서 제일 좋은 사람이 누구냐고

아가에게 물으면

엄마라고 대답합니다

세상에서 제일 좋은 사람이 누구냐고

오빠 언니에게 물으면

한결같이 엄마라는 대답이 돌아옵니다

세상에서 제일 좋은 사람을

불러 볼 수도 없고

끌어안을 수도 없고

쓰다듬을 수도 없어 시무룩한 어떤 아이는

오늘 밤도 할머니 방에서 홀로 잠들었습니다

마지막 기도

신에게 기도했소

내가 별이 되면 당신에게 멋진 사내를 보내 달라고

속상할 때 하소연을 들어주고

외로울 때 술잔을 채워 주고

곤궁할 때 흔쾌히 지갑을 여는 넉넉한 남자를

내가 하지 못한 일을 대신해 줄 수 있는 따스한 연인을

당신에게 짐만 떠넘기고 서둘러 떠나야 하는 나

할 수 있는 일이란 게 고작 기도였소

그런 말 하지 말아요

이번 생에서는 당신과의 사랑만으로 충분해요

우리의 사랑은 하루에 이루어진 게 아니잖아요

애증으로 범벅이 된 고된 여정이었잖아요

파경의 위기도 없지 않았구요

그 지난한 과정을 되풀이하고 싶지 않아요

이별의 고통도 더는 감당할 수 없구요

사랑도 이별도 당신과 한 번으로 족해요

더는 그런 기도 하지 말아요

약속

당신도 잘 알잖아요

그리움은 뒤에 남은 사람의 몫이라는 걸

상심도 마찬가지라는 걸

중병을 핑계로 먼저 죽지 마세요

나 혼자 남게 하지 마세요

우리가 함께 가야 할 길

아직 멀어요

어떻게든 이겨내야 해요

당신 없는 세상에서

당신을 그리워해야 한다면

싫어요

백년해로 다짐했잖아요

사랑한다고 고백했잖아요

약속 지켜 줘요

제발

위대한 유산

첨단 의학으로도 종양을 막을 수 없어
치료를 포기했던 그이
결국 별이 되었습니다

빈손으로 신혼을 시작해
새벽 출근 밤 퇴근을 되풀이한 끝에
중산층에 합류했습니다

짐만 짊어지고 허덕이다
가까스로 먹고살 만하게 되었는데
영화를 누리지 못하고 그렇게 되었습니다

아파트 한 채
요양원에 입원 중인 모친
유산의 전부라고 합니다

아 깜박 잊은 게 있군요
아비를 빼닮은

성실하고 듬직한 아들이 있는데

곧 입대한다고 합니다

하얀 거짓말

요양원 면회실

유리창을 사이에 두고

휠체어에 앉은 노인과 여인이 얼굴을 마주한다

창밖의 여인이

비닐장갑 낀 손을 문틈으로 들이밀어

비닐장갑 낀 노인의 손을 잡는다

노인의 메마르고 탁한 눈망울이 흔들린다

아범은 어디 갔느냐고

창밖을 두리번거리던 노인이 묻는다

해외에 출장을 갔어요

다음번에는 꼭 같이 오지요

여인이 대답한다

십 분 면회가 끝나 갈 무렵

노인이 또 묻는다

아범은 어디 갔나

하도 꿈이 뒤숭숭해서

휠체어가 복도의 어둠 속으로 사라지고
여인도 발길을 돌려 현관을 나온다

여인은 말하지 못했다
아범이 재가 되어 묻혔다는 걸
차마 말하지 못했다

고민

어떻게 해야 할지 모르겠어요

조언을 좀 해 주세요

외로운 친구들이 여행을 가자고 하는데요

번개탄에 불을 피우고

본드를 마시고 잠들기만 하면

금방 끝난다고 하는데요

더는 외톨이가 되지 않아도 되고

거리를 방황하지 않아도 되고

밤에 홀로 떨지 않아도 되고

불량 선배들에게 끌려다니지 않아도 된대요

종적을 감춘 아빠

멀리 떠난 엄마

돌아온다는 기별은 없지만

엄청 보고 싶거든요

여행을 떠나면 더는 볼 수 없잖아요

그래서 고민이에요

어떻게 해야 할까요

독백

십 년 전에 목을 매고 죽은 엄마
미워

내막은 모르지만
굳이 그래야만 했을까
내 생각도 좀 하지 그랬어

아빠는 혼자서도 저렇게 꿋꿋한데
죽기는 왜 죽어

엄마가 죽었어도 세상은 꿈쩍 않거든
너무했어
나를 생각했어야지

어머 자꾸 눈앞이 흐려지네
청명한 가을날에 웬 안개가 이리 깊을까

섣달그믐

어둠아 어둠아

오늘 밤만은 제발

내리지 않으면 안 되겠니

내일이면 설이잖아

열 살 딸아이가 보고 싶어도

그럴 수 없는 그 사내

늙은 엄마 품에 무너지고 싶어도

그러지 못하는 그 사내

밥은 굶어도

약은 먹어야 하는 그 사내

불치의 희귀병에 시달리는

그 사내

가련해서 하는 소리야

긴긴밤 네가 온 세상을 지배하면

텅 빈 방 어둠 속에서 홀로 그 사내

얼마나 울적하겠니

어둠아 어둠아

오늘 밤만이라도 부디

내리지 않을 수 없겠니

조우

뉘신겨
교장 선상님 자제분이신겨
워낙 얼굴이 닮았어
언덕길 들머리에서 마주친 낯선 할머니
이십 년 전에 돌아가신 아버지를 기억하신다

모친하구는 강용사엘 같이 다녔지
그땐 절에 가는 재미에 살았어
지난해 돌아가신 어머니와도 친분이 깊으시단다

허리 굽혀 인사드리고 언덕을 넘는데
등판이 근질거려 뒤돌아보니
여지껏 나를 바라보신다
바람결에 쓰러질 듯 위태롭게 흔들리며

외로우신가 보다
그리우신가 보다

나도 누군가에게 그리움으로 남을 수 있을까

원창고개

초등학교 어린 시절
홀로 고향 산촌을 떠나
도시로 전학을 간 소년

벗을 사귀기도 전에
이별의 아픔을 먼저 익혔다

셋집 마루턱에 걸터앉아
고향으로 가는 원창고개를 넋 놓고 바라보면
거뭇하게 가슴에 멍이 들었다

반세기가 지나서야 알았다

이별은 피할 수 없다는 걸
이별 후의 그리움도 어쩔 수 없다는 걸
그리움이 사무치면 상처가 된다는 걸
그리워도 그리워도 기다려야 한다는 걸
그게 인생이라는 걸

너

사진에서 보았던 참선의 방에는
벽에 걸린 낡은 법복
오래된 다탁이 전부였어
빈방이었어

내 마음의 방도 그렇게 비울 거야

어제는 탐욕을 버렸어
오늘은 노여움을 버렸어
내일은 아집을 버릴 거야

버리고 빈자리는 네 생각으로 채울 거야
내 마음의 방이 너로 가득할 때까지
너로 채울 거야

불가능한 일

금연이 얼마나 어려우면
수십 번이나 끊었다는 사람 많지
오죽하면 금연 학교까지 생겼을까
십 년 넘게 끽연을 즐기던 나는
하루아침에 뚝 끊었어
독하다는 소리 많이 들었지

금주 역시 그랬어
하루아침에 딱 끊었어
원인 불명의 어지럼증이 찾아왔을 때
건강을 다스려야겠다는 마음으로 술을 끊었어
모질다는 비난 꽤 받았지

젊음을 송두리째 바친 회사를 그만두고
뒤돌아보지 않았어
미련을 두지 않았어
단호한 사람이라고 하더군

독하고 모질고 단호한 내가

끝내 하지 못한 일이 있어

널 그리는 이 마음

누를 수 없어

이번 생에서는 멈출 수 없어

달마중

그래요

울지 않을게요

그리워하지 않을게요

그런다고 그대 돌아오지 않으므로

영영 잊을게요

아무렴요

라고 다짐하다가도

어둠이 내리고 풀벌레 울면

다시 그대 생각에

달마중에 나섭니다

해바라기

그대 아프면 나도 괴로워요

그대 슬프면 나도 우울해요

그대 울면 나도 눈물이 나요

그대 웃으면 나도 즐거워요

그대 기쁘면 나도 흐뭇해요

그대 행복해야 나도 행복해요

그대 내가 행복하기를 바란다면

그대 먼저 행복해야 해요

그대 약속해 줘요

그대 행복하겠다고

짝사랑

너를

사랑하는 것

기다리는 것보다 힘든 일이 뭔 줄 알아

너를

미워하는 것

원망하는 것이야

너를

잊기로 했어

보내기로 했어

나를 위해서

2부

—

그 소년

운명

약속 시간을 넉넉히 두고 대학가에 도착했지

젊음이 넘실거리는 거리를 굽어보다

찻집 이 층으로 올라갔어

어둑한 실내는 음악과 소음으로 부산했지

화장실에 들러 옷매무새를 가다듬고

창가에 자리 잡았어

출입문이 열릴 때마다 곁눈질로 훔쳐보았지

심장이 떨리고 손에 땀이 괴었어

십 분이 지나도 너는 오지 않았어

조마조마해지기 시작하더군

일이 늦게 끝나 그런가 보다 이해했지

삼십 분을 넘겨도 너는 나타나지 않았어

오지 않을지도 모른다는 불안감

그래도 좀 더 기다려보자는 미련이 교차했어

한 시간이 지났어

바람맞았구나

포기하고 자리에서 일어섰지

아쉽기는 했지만 원망스럽지는 않았어

그런 일이 여러 번 있었거든

전봇대와 마주 보고 서서 담배를 피웠어

담배 연기에 너를 날려 보내고

지하철 입구로 발을 들이는데

가파른 계단을 숨을 헐떡이며

네가 올라오고 있었어

검정 치마에 눈처럼 하얀 블라우스를 입었더군

눈부시게 빛나던 네 얼굴

군중 틈에서 도드라졌어

우리의 만남은 극적이었어

그걸 운명이라고 한다지

가을을 보내며

양양에서 설악과 동해를 도반 삼아

평생 시를 써 온 연륜 깊은 노老 시인은[*]

언제쯤 신작을 발표하려나

교통사고를 당해 저승길 문턱까지 갔던

원주 문막의 소설가 스님은[**]

가파른 언덕을 오르내리느라 땀 좀 흘리셨겠다

시가 좋아 진학을 포기하고 농부가 되었다는

남도의 농부 시인은[***]

가을걷이를 끝냈으니 굶어도 배가 부르겠다

최장의 열대야를 버티며

책을 통해 알게 된 그들과의 인연이 있어

가을을 보내는 마음이 마냥 허망하지는 않다

---

[*] 이상국 시인
[**] 혜범 스님
[***] 서정홍 농부 시인

다가오는 겨울에도

새로운 누군가를 만날 수 있다는 기대에

북방 추위가 두렵지 않다

달빛이 서러워서

술이라는 게

한 잔은 낭만

한 병은 숙취

마실 때는 호기

깰 때는 고문

객지를 떠돌던 나에게 술은

환락 허세 아첨이었다

그게 싫어 오래전에 끊었지만

낭만마저 버릴 수는 없어

이따금 한 잔 와인으로 여독을 푼다

달빛이 왠지 유난히 서러워서

흠뻑 마음이 젖는 밤에는

한 병 같은 한 잔을 마신다

측은하고 어리석은

내 안의 또 다른 나를 위로하기에는

술만 한 것도 없다

강동역에서

처음 사용하는 복지교통카드
공짜로 지하철을 이용하려니
횡재했다는 기분보다는
덧없는 세월이 믿기지 않는다

난 아직 젊은데
파랗게 꿈도 살아 있는데
어르신 대접이라니

열차가 곧 도착한다는 안내 방송에도
걸음을 재촉하지 않는다
안전문 유리창에 적힌 시를 읽느라
역사 끝에서 끝까지 천천히 걷는다
열차를 그냥 지나쳐 보내며

서두르지 않는 걸 보면
그 나이에 접어들었나 보다

구심력

가끔 산촌을 떠나고 싶다

도시에서 부대끼거나
외딴섬에 고립되거나
먼 나라를 유랑하거나
그렇게 떠돌이가 되고 싶다

그리움이 길어질 때는 더 그렇다

아무리 멀어지려 등을 돌려도
질기게 끌어당기는 힘에 못 이겨
발길은 어느새 산촌 가는 길목으로 접어든다
금 보따리를 숨겨 둔 것도 아닌데

까마귀 고라니 너구리가
돌아오라고 채근해서 그런가

도시에서 보던 그 달도

산촌에서는 달리 보여 그런가

누군가 아직도 나를 기다리고 있다는
환상에 끌려 그런가

벽에 묻은 어머니 손때가
아른거려 그런가

빈소에서

살다살다

죽음을 부러워하게 될 줄이야

이웃 마을 농부의 모친

구순을 넘어서까지 정정하게 사시다

병원에 입원한 지 두 달 만에

고요히 눈을 감으셨다

복 많은 노인이다

부럽다

꼬박 삼 년을 요양원에서

고통과 그리움에 시달리다

지켜보는 피붙이 하나 없는 새벽에

홀로 운명하신 어머니

해가 바뀌어도

무너지는 억장은 가늘 길 없다

코로나를 탓해도 불효자의 죄책감은

조금도 누그러지지 않는다

위기일발

차량이 빈번하게 오가는
포장도로 가장자리

새끼 뱀 한 마리가
고무줄처럼 바닥에 엎어져
잠이 덜 깬 몽롱한 눈으로 볕을 쬔다

저 앞에서 택배 트럭이 전속력으로 달려오는데
한가롭기만 하다

걸음을 멈추고 막대기로 뱀을 몰아
갓길 풀숲으로 쫓아낸다

보람찬 하루

선산에 누워 계시는 부모님께
삽질을 멈추고 문안인사를 올렸습니다

땡볕에 타들어 가는 수국을
반음지로 이식했습니다

마당에 들어온 꽃뱀을 죽이지 않고
수로 너머 논배미로 추방했습니다

해코지당할까 봐 잔뜩 겁먹은 들고양이에게
점심으로 먹던 빵 조각을 던져 주었습니다

저녁을 먹고 손주들과 영상 통화를 하다
사랑한다고 고백했습니다

아버지 마음

아들아 딸아

자네들 어느새 두 아이의 부모가 되었구나

고맙다

손자 손녀를 넷이나 안겨 주어서

살고 보니

자식 사랑보다 포근한 행복

자녀 양육보다 신성한 가치

세상에 없더라

부디 넘치게 사랑하거라

사랑은 수행과 같아서

평생에 걸쳐 각오를 다지고

모범을 보여야 하는 거란다

때를 놓치면

기회는 다시 오지 않더구나

어떤 오후

손자는 한글 놀이 하자고
손녀는 물고기 놀이 하자고
외손녀는 안아 달라고
손이 두 개뿐이어서 아쉬운 오후
소풍 가는 날 아이처럼 신나는 오후

설날

설날 차례상 앞에서

피어오르는 향불을 보고

세 살배기 아가는 손뼉을 치며

생일 축하 노래를 불렀대요

곁에서 지켜보던 할아버지도

허허 웃으며 따라 불렀대요

오늘 아침 우리 설날은

조상님 생일날이었대요

고향

안녕

난 양지바른 산자락에 터를 잡은 진달래꽃이야

내 고향 얘기를 하려는데 들어 볼래

저기 산비탈에 빽빽하게 들어선 시커먼 패널 보이지

할배 소나무와 할매 산벚나무가 살던 곳이야

인자한 분들이셨어

저기 번쩍이는 전원주택 보이지

내 아우가 살던 곳이야

굴삭기에 깔려 죽었어

나도 언제 그렇게 될지 몰라 무서워

멀리 들판 여기저기

위압적이고 거대한 지붕 보이지

축사야

복사꽃 마을에 복사꽃 향기는 사라지고

쇠똥 냄새만 분분해

외지인은 늘어나고

정담은 줄어들고

빈집은 늘어나고

고독은 길어지고

실개천 송사리는 사라지고

오염된 물이끼는 번성하고

도시로 떠난 어깨동무 벗들은

소식이 없고

그래도 난 고향이 좋아

왜냐고

그냥

고향이니까

저기 먼지바람 날리며 내달리는 노랑 버스 보이지

몇 안 되는 아이들 통학버스야

갓난아기 울음 끊긴 지는 오래여도

노랑 버스가 달리는 한

희망은 끝나지 않았어

코스모스 - 막내

울고 싶을 때 많았을 거야
그러면서도 겉으로는 웃었겠지

돌아서서 운 적 많았을 거야

네가 울 때
함께 울어 주지 못해 미안해
정말 미안해
웃음에 가려진 네 슬픔을 바로 보지 못했어

울고 싶은데 웃었던 너를 생각하면
너무 아파

울고 싶으면 울자
주저앉아 펑펑 울자

울고 싶은데 웃고 있으면
아프잖아
너무 아프잖아

동지

동짓날 산사 가는 길목
꽁꽁 언 개울 가장자리에
손톱만 한 파란 풀잎 하나
제 몸보다 큰 얼음 조각을 머리에 이고
떨고 있다

어쩌자고
도대체 어쩌자고
하필이면 한겨울 개울가에 터를 잡았는가

중학교에 진학하기 위해
인력거에 살림살이를 싣고 약사리 고갯길을 오르던
그 소년을 보는 듯하다

도시 귀퉁이의 셋집에서
현기증을 참아 가며 등교하던
그 소년을 보는 듯하다

심장이 얼더라도

살아 있거라 제발

봄이 올 때까지는

그 소년

여름방학을 고향 산촌에서 보낸 소년

개학을 하루 앞두고

호반의 도시로 돌아가기 위해

어머니와 함께 이십 리를 걸어 읍내로 갔다

멀미약을 입에 털어 넣고 버스에 오르면

가까스로 참았던 눈물이 주르르 볼을 타고 흘러내렸다

터미널 처마 밑에서 버스가 출발하기를 지켜보던 어머니는

연신 뒤돌아서서 코를 풀었다

울지 말라는 것인지

몸조심하라는 것인지

어머니의 입술이 달싹였지만

매연에 절은 엔진 소음에 묻혀 소년에게 닿지 못했다

그날 집으로 돌아오는 내내

어머니는 하염없이 콧물만 훌쩍였다고

오랜 시간이 흐른 후에

옆집 아주머니가 말했다

셋방에 짐을 풀고 도시에 흡수된 소년

성정이 소심하고 내성적이어서

이유 없는 반항은커녕 지각 한 번 하지 않고

책만 뒤적이며 사춘기를 보냈다

대학을 졸업한 것도

그럴듯한 직장에서 삼십 년을 버틴 것도

알고 보면 그 소년의 조용한 성격 덕분이었다

왠지 그 소년에게 신세를 지고 사는 거 같아

만년이 되어 다시 찾은 도시에는

골목도 셋집도 사라지고

거대한 아파트가 엉덩이를 뭉개고 앉아 있었다

3부

—

그런 때

아가는 어른의 아버지[*]

아가를 보면
저절로 사랑에 빠진다

아가를 보면
나도 따라 웃게 되어 행복하다

아가를 보면
백지처럼 무한한 희망이 보인다

아가를 보면
아가를 위해 아무 일이라도 해야 한다는 꿈이 생긴다

아가를 보면
모범을 보여야 한다는 의지가 굳어진다

아가는 어른에게

---

* William Wordsworth 의 시 「My Hearts Leaps up」에서 차용

사랑 행복 희망 꿈 의지를 일깨워 준다

아가는 어른의 어른
아가는 어른의 아버지

과유불급

나라 곳간이 풍성하여

산골짜기 외딴집 앞까지 포장이 되었고

듬성듬성 가로등도 세워졌다

가로등 불빛 아래 자리 잡은 콩은

밤낮으로 빛을 받아

키가 크고 이파리가 무성하지만

꽃이 피지 않아 열매를 맺지 못한다

어쩌다 열매를 맺어도 여물지 않는다

초등학생인 어떤 아이는

이른 아침에 엄마 손에 이끌려 학교에 간다

학교 수업이 끝나면

교문에서 대기하던 노랑 버스에 실려 영어 학원에 간다

영어 수업이 끝나면 수영장으로 실려 가고

수영이 끝나면 수학학원으로 실려 간다

종일 이리저리 실려 다니다 어둠이 내리면

퇴근하는 엄마 손에 이끌려 집으로 간다

지나침은 미치지 못한 것과 같다고 하는데
저렇게 실려 다니기만 하다
꽃을 피우지 못하는 것은 아닌지
열매를 맺지 못하는 것은 아닌지

7세 고시

7세 어린이를 대상으로 초등학교 교과 과정을 선행
학습하는 학원이 있다고 합니다 그걸 7세 고시라고
한다네요 인기가 얼마나 많으면 지원자가 몰려 모두
수용할 수 없다고 합니다 아무리 남의 세상 얘기라지
만 말문이 막힙니다 이런 게 사랑일까요 내 눈에는
학대로 보이는데 세상 참 잔혹합니다

꿩 대신 닭

아이 성적은 할아버지 재력에 달려 있다는 말이

젊은 학부모들 사이에 회자된다고 합니다

무슨 뜻인지 부연하지 않아도 알겠네요

세태가 그렇게 변했군요

늙는 것도 서러운데

재산까지 비교당하다니

산촌에서 나무를 키우는 나는

삼베옷 한 벌 준비한 게 전부입니다

손주들 학원비

베풀고 싶은 마음 간절합니다만

능력 밖의 일입니다

마냥 손을 놓고 있을 수 없어

돈 대신 책을 물려주려고 합니다

손주들 성인이 되어

방황할 때 길잡이가 되고

외로울 때 벗이 될 수 있는

궁색하지만 그거라도 해야지요

반성문

그렇습니다

제가 욕을 했습니다

선생님께 개새끼라고 퍼부었습니다

화가 났거든요

미칠 지경이었거든요

선생님이 제게 매라도 들어서 그랬냐구요

그건 아니구요

선생님하고는 아무 관련이 없습니다

아빠에게 화가 났지요

글쎄 착하디착한 엄마를 버리고

아빠가 바람이 났어요

얼마 전에 이혼을 했어요

울화통이 터져 복도에 침을 뱉었는데요

재수 없게 선생님께 걸렸어요

꾸지람을 들었어요

이 판에 그깟 침이 대수인가요

그래서 선생님께 쌍욕을 바가지로 퍼부었어요

진정을 하고 보니 제가 후레자식이었네요

그 아비에 그 자식이었네요

애먼 선생님이 봉변을 당했습니다

더는 패륜을 저지르지 않겠습니다

공부는 해서 뭣에다 쓰겠습니까

제 발로 떠나겠습니다

죄송합니다 선생님

엄마처럼 살기 싫어서

왜 결혼을 포기했냐구요

정말 몰라서 묻는 말씀인가요

노골적으로 말씀드리지요

엄마처럼 살기 싫어요

육아 독박에

밥 설거지 빨래 청소

밥 설거지 빨래 청소

밥 설거지 빨래 청소

그렇게 육십 년 넘게 살아온 엄마

불쌍해요

노년에 배우자 없이 외롭고 적적하더라도

아기 키우는 기쁨 누리지 못하더라도

혼자 살래요

주부가 아닌 독립된 인격체로

더는 결혼을 다그치지 마세요

꼰대 소리 듣기 싫으시면

애는 무슨

삼십 대 후반인 제 친구는

연년생으로 아기 둘을 두었는데요

외벌이로는 뒷바라지를 할 수 없어

와이프가 알바에 나섰죠

그렇게 하지 않으면 살 수 없다네요

도시에서 네 식구 생활비 적지 않게 든다네요

월급은 통장에 발자국만 남기고 사라지고

여행이나 취미 생활은 꿈도 못 꾼다고 하네요

피로에 절어 얼굴은 거뭇하고

어쩌다 모임에 나와도

술은커녕 밥도 제대로 못 먹고 귀가하는 친구죠

그런 생활을 기약 없이 반복해야 한다는 거

난감한 일이죠

사랑 하나 믿고 빈손으로 결혼한 나에게

결혼했으니 애를 낳아야 한다고

애가 행복이라고

닦달하고 뻥치는 그분들

세상 물정 모르시면 그만하세요

입에 풀칠하기도 숨 가쁜데

애는 무슨

원형탈모증

김 부장에게 좋은 기회가 왔습니다

고참 부장을 위해 명예퇴직의 기회를 마련했어요

일 년 치 위로금을 주고

취업을 알선하고

한 학기 자녀 학자금도 보태 줍니다

김 부장을 위해서 하는 말인데

이번 기회를 이용하는 게 어떨까요

강요는 아닙니다

자발적으로 선택하세요

다만

남아 있으면 험한 일자리로 전출될 겁니다

인사 담당의 사려 깊은 조언을

김 부장은 거절할 수밖에 없었다고 하네요

대학생 자녀 둘

연로한 부모

적지 않은 대출금

사정이 절박하여

수모를 감수하고 버티기로 했답니다

서둘러 퇴근한 김 부장

다발성 원형탈모증을 치료하기 위해 피부과로 갑니다

두 해가 되었는데 차도가 없다네요

스트레스를 받지 말아야 한다고

의사가 주의를 주더랍니다

그냥 허탈하게 웃어넘겼다고 하네요

엄마 아빠를 말려 주세요

엄마는 나라를 구하기 위해 왼쪽을 지지한대요

아빠는 국민을 구하기 위해 오른쪽을 지지한대요

갈등의 골이 워낙 깊어

내가 옳으니 네가 그르니 하루도 잠잠할 날이 없어요

화난 엄마가 어제 저녁밥을 짓지 않았고

분통이 터져 죽겠다는 아빠는

밖에 나가 술을 왕창 마시고

왼쪽을 지지하는 친구와 또 대판 싸웠어요

나라를 구하는 일이나

국민을 구하는 일이나

그게 그거 아닌가요

한마음 한뜻인데 싸우는 이유를 모르겠어요

그럴 리야 없겠지만

겉으로는 나라와 국민을 내세우면서

속으로는 사리사욕에 눈이 멀어

진흙탕 싸움을 벌이는 건 아니겠지요

우리 아이들도 종종 싸우지만 쉽게 화해해요

어른들은 그러질 못하더군요

어른들이 애들만도 못해 부끄러워요

누가 우리 엄마 아빠 좀 말려 주세요

관성

지난해 칠순을 넘긴 농부
벌목장에서 산일을 하다 기계톱에 얼굴을 긁혔다

짐칸에 처박아 두었던 안전모를
그날따라 무엇엔가 홀려 눌러쓴 덕에
죽을 고비를 간신히 넘겼다

허벅지 살을 떼어 얼굴에 이식했다

구순을 넘긴 노모가 그만두라고 통사정을 해도
평생 뼈에 인이 박인 관성을 거스르지 못하고
오늘도 어두컴컴한 새벽에 산일에 나선다

불알친구 하나는 오래전에 등걸에 깔려 죽었는데
이웃 마을 동료는 식물인간으로 누워 있는데

시루떡

허물어지는 옛집에서

베트남댁 아내와 두 아이를 부양하는

장애인 가장

한쪽 다리를 심하게 절어 농사는 짓지 못하고

공영주차장 관리원으로 끼니를 때우는데

모내기가 한창이던 늦은 봄날에

굴삭기 한 대 돌연 머리를 들이밀더니

기울어진 구옥을 걷어내고

터를 돋우고 벽돌을 쌓아

번쩍거리는 전원주택을 보란 듯이 세워 놓았다

내내 돋보이던 옆집이

훌쩍 큰 새 이웃에 주눅이 들어

초라하게 움츠러들었다

나라의 보조를 받아 무이자로 새집 얻었다고

시루떡을 돌리던 베트남댁이 연신 벙글거렸다

다행이다

음지에 볕이 들어서

세상이 돌고 돌아서

하소연

내 나이 팔순을 넘겼어

몸 하나 끌고 다니기도 힘들어

그런데도 농사일을 놓지 못하고 있어

물려받을 자식이 있어야지

애들은 객지에 나가 있는데

형편이 어려운 모양이야

나더러 보태 달라고 손을 내밀어

내 몸 하나 건사하지 못하는 송장이 무얼 돕겠나

당장이라도 일을 그만두고 싶지만

농사꾼이 땅 노는 꼴을 어떻게 보고만 있나

그러니 힘들어도 꼼지락거려야지

땅을 팔아 치우고 싶어도 누가 거들떠보지도 않아

소작을 주려고 해도 맡을 사람이 없고

농사꾼이라곤 죄다 늙은이들뿐이니 그럴 만도 해

어제는 옥수수를 심었는데

기어다니다시피 해서 겨우 심었어

아직도 삭신이 쑤시는 게 몸살이 난 거 같아

늙어서는 땅이 웬수라더니

내 꼴이 그 짝이야

너무 고단해서 빨리 죽고 싶어

그냥 하는 소리가 아니야

죽어 자빠져야 쉴 수 있으니

얼른 죽고 싶어

얼른

단비

날은 무덥고
잡초만 제 세상 만나 번성하는데

어제처럼 밭둑에 주저앉아
느릿느릿 김을 매는 할매

힘들어 죽겠다고 푸념하면서도
호미질을 멈추지 못한다

누가 시킨 것도 아닌데

힘에 부쳐 코가 땅바닥에 닿을 무렵
오음산을 넘어온 먹구름이 비를 부린다

그제야 처마 밑에 기어들어
담배 한 대 피워 무는 할매
빗물이 눈물처럼 볼을 타고 흘러내린다

향기로운 사람

남방이 고향인 여름꽃 수국은

허리춤에 이르도록 키를 키워야 꽃망울을 맺는다

북방에 뿌리 내린 수국은

여름이 다 가도록 키를 키우지 못하다

단풍 드는 가을이 되어서야

아가 주먹만 한 꽃망울을 맺는다

찬 바람이 불어 줄기가 물을 내리기 시작하면

꽃을 피우기 위해 용을 쓰다

사력을 다해 용을 쓰다

무서리를 맞고 시들어 버린다

자책도 비하도 하지 마시게 그대여

간절한 몸부림만으로도 그대는

이미 빛나는 사람

포기하지 않은 것만으로도 그대는

충분히 향기로운 사람

만시지탄

산수국 한 송이에는 가짜 꽃과 진짜 꽃이 있다

나비를 닮은 가짜 꽃은

꽃잎이 유려하고 색깔이 고혹적이어서

진짜 꽃보다 더 진짜 같다

벌 나비를 불러들인다

좁쌀 같은 알갱이가 오밀조밀 몰려 있는 진짜 꽃은

칙칙하고 볼품이 없으며

꽃 같지 않아 꽃인 줄도 모른다

가짜 꽃은 수정을 하지 못하고

진짜 꽃은 수정을 한다

이순을 지나 고희로 가는 고갯마루에서

빈 마음으로 세상을 내려다보니

이제야 가짜 꽃과 진짜 꽃을 분별할 수 있다

가짜 꽃의 현란한 유혹에도 흔들리지 않는다

진짜 꽃이 되기에는 너무 늦었다고

한탄하지 마라

아직 시간은 남아 있다

장미

장미는

가시가 많아 슬픈 게 아니다

벌 나비뿐만 아니라 애벌레도 세균도

장미를 환장하게 좋아한다

애벌레는 이파리를 게걸스럽게 갉아 먹고

보이지 않는 세균은 검붉게 갈변시킨다

이파리 없는 줄기에

농염한 꽃봉오리 하나 달랑 달고

바람결에 흐느적거리는

저 기괴한 부조화

장미는

홀로이고 싶어도 그럴 수 없는

넘치는 사랑이 슬픈 것이다

폭설

밤새 내린 하얀 눈이

발목까지 차오른다

나뭇가지에서 눈덩이 떨어지는 소리가

꼭두새벽의 고요에 균열을 낸다

지난 늦가을

산등성이 비탈에 무덤 하나 새로 생겼는데

미처 떼가 자라지 않아

겨우내 생살을 벌겋게 드러내고

오들오들 웅크리고 있었다

하늘에서 내려다보던 구름이

목화솜 이불을 살포시 덮어 주고

소리 없이 떠났다

환절기

수탉처럼 요란하게 치장을 하고
생닭을 토막 내던 중앙시장 닭집 아주머니
중병에 걸려 입원했다
아들이 물려받았는데
머지않아 문을 닫는다고 한다

부자라고 소문난 철물점 사장님
지난 계절 암으로 운명했다
아비보다 훤칠한 장남이 물려받았다

산촌을 떠난 적이 없는 늙은 농부
도시에서 일자리를 잃고 쫓겨 온 아들에게
평생 일군 전답을 물려주었다

알게 모르게 세상의 주인은
조금씩 바뀌고 있다

외로움

검둥이가 왈왈 짖어 대는 것은

눈길을 끌어 외롭지 않기 위해서

산새가 수풀에서 노래하는 것은

짝을 불러 외롭지 않기 위해서

바람개비가 뱅글뱅글 도는 것은

바람과 더불어 외롭지 않기 위해서

난치병 깊은 소녀가 기도하는 것은

신의 품에 잠들어 외롭지 않기 위해서

그런 때

처연히 그대가 겨울비를 맞고 있습니다

우산도 없이

비를 긋지도 않고

볼을 타고 흘러내리는

빗물인지

눈물인지

입술에 그렁그렁 매단 채

내게도 한 시절 그런 때가 있었지요

추웠습니다

떨었습니다

돌아보면 어쩔 수 없이 맞닥뜨린

환절기였던 것

이젠 아무렇지도 않습니다

그러니 그대 비관하지 말아요

계절을 비껴갈 수는 없잖아요

겨울비가 추적추적

마른 잎을 떨구고 있습니다

4부

참회의 시간

업경대

선악의 행적이 그대로 비치는
염라대왕이 갖고 있는 거울

업경대 앞에서 떳떳한 영가 있으면
나와 보셔

남 흉보는 데 골몰하지 마시고
거울에 드러난 그대 나신裸身이나 살펴보시길

참회의 시간

치명적인 암으로 시한부 선고를 받은

중년의 의사가 있었습니다

신께 기도했습니다

생명을 연장해 준다면 봉사하며 살겠다고

기적같이 암이 멈추었습니다

주저 없이 적도의 가난한 나라로 날아가

빈민촌에 진료소를 열어 의료 봉사를 했습니다

그렇게 수년

신이 방심한 틈에 암이 도졌습니다

피붙이에게 진료소를 인계하고

별이 되었습니다

또 해가 바뀌었습니다

그가 살아 보지 못한 나이에 발을 디뎠습니다

발걸음이 무거워집니다

참회의 시간이 길어질 거라는 예감이 듭니다

인생 별거 아니라고 말들 하지만

산다는 건 대단한 일입니다

새해

새해에는

더도 덜도 말고

지난해만큼만 내리소서

화려하지 않더라도 봄을 내리시고

풍성하지 않더라도 가을을 내리소서

사랑하는 이들을

어김없이 사랑하게 하소서

빈 지갑은 빈 채 두셔도

빈 가슴은 자비로 넘치게 하소서

오월에 만나기로 한 아가

건강하게 보내 주소서

이태 전에 당신 곁으로 떠난 어머니

살펴 주소서

혹여 시 한 편 내리신다면
과분한 은총으로 받겠나이다

누구에게나 공평해야 하는 당신이기에
부득이 시련을 내리셔야 한다면
사랑하는 이들의 몫까지 모두
제게 내리소서
그렇게만 하신다면
이 밤 저를 데려가셔도
행복으로 알겠나이다

버킷 리스트

설거지 빨래 청소

잘해야 본전

못 하면 금방 티가 나는 일

평생 해야 하는 지루한 일

밥벌이를 핑계로 외면했던 일

불알 두 쪽을 내세워 하대했던 일

허드렛일처럼 보이지만

무엇과도 견줄 수 없는 고귀한 가족 사랑

독서와 창작을 뒤로 미루고

집안일을 버킷 리스트 첫 칸에 쓴다

받기만 했던 사랑

베풀면서 늙어 갈 일이다

촌부의 꿈

시를 읽고
시를 쓰면서도
시인을 꿈꾼다고
차마 말하지 못했습니다

세상과 소통하지 못하는 쇠심줄 아집
잇속밖에 모르는 닳고 닳은 이기심
멀리 보지 못하는 근시안
장작개비처럼 무딘 촉수

어찌 감히 시인을 꿈꾸겠습니까

시인을 욕보이고
시의 품격을 훼손할까 두려워
시인을 꿈꾼다고
차마 말하지 못했습니다만

가을이 저물수록 간절해지는 소망

이대로 묻을 수 없어

다시 컴퓨터를 켭니다

머리가 아닌

가슴으로 쓰겠습니다

나이 탓

활짝 핀 연분홍 복사꽃을 보아도

무덤덤하다

까닭 없이

울적하다

팝송보다

우리 가락이 흥겹다

음악에 젖으면

와인을 마시고 싶다

와인에 취하면

남모르게 울고 싶다

나이 탓일 게다

나이는 사내를 울보로 만든다

일몰

해가 서산 너머로 떨어졌다

과거는 한 발짝 길어졌고

미래는 한 발짝 짧아졌다

그게 축복일지도 모른다는

슬픈 참회가

며칠째 이어지고 있다

유물

버리기엔 아깝지만

더는 쓸모가 없는

골프채

잘나가던 한 시절을 상징하는

유물과도 같은 것

마닐라에서 몇 년 사는 동안

객고와 향수를 달래 주었지

미련이 남아도 정을 떼어야 하는 게

어디 골프채뿐이랴

가슴 뛰던 사랑도

들끓던 욕망도

알량한 자존심도

묻어 두고 떠나야 하는

색 바랜 유물인 것을

축생

이장네 비육우가 트럭에 실려 갔다

한 칸짜리 우리에서 태어나
32개월을 먹고 싸기만 하다
도축장으로 끌려갔다
축생의 운명이 다 그러려니
고삐를 잡아끄는 대로 순순히
짐칸에 올랐다
충혈된 눈망울에는
눈물 반 두려움 반

죽기 위해
죽도록 먹어야 했던 일생

뒤에 남은 우공들은 멋모르고
지푸라기만 되새김하며
배 채우기에 여념이 없다

담장 곁에 자리 잡은 주목 두 그루

천 년을 산다고 하는데

지나치는 나를 볼 때마다

바람결에 수군거린다

비육우 지나간다고

몸살

몸살은
지친 몸을 강제로 쉬게 하는 생리 현상

겨울도 몸살이나 마찬가지
탈진하여 넘어지지 않으려면
한 계절 쉬어 가라는 뜻

사랑에도 겨울이 와야 한다
오래 가기 위해서는

내 사랑의 계절은 지금 겨울
그래도 봄은
틀림없이 온다

달님의 눈물

늘 웃기만 하던 달님

입을 막고 기침을 하는가 하면

개구쟁이처럼 콧물을 흘린다

언제나 빛나던 별님

단체 여행이라도 떠났나

밤하늘 한쪽이 휑하다

며칠째 밤 기온이 뚝 떨어져

고뿔에 걸려 그런 줄 알았다

재활용 쓰레기는 수거함에 버리고

폐기물 쪼가리는 불에 태웠는데

독한 연기에 눈이 매워

달님이 눈물을 흘리고

별님이 피신을 갔나 보다

양파 껍질만 까도 눈물 콧물이 범벅인데

얼마나 고통스러웠을까

마음속 분노와 증오의 쓰레기들
활활 타오르는 밤이면
내 안의 또 다른 내가 달님처럼 훌쩍인다
시커먼 매연에 눈이 매워

버려도 버려도 쌓이는 쓰레기
애먼 달님 별님
내 안의 또 다른 내가
엉뚱하게 고생을 한다

용서를 빈다

치정에 눈이 멀어 너를 버린
매정한 어른

사랑과 양육을 방기한
무책임한 어른

거친 세상에 너를 방치한
무관심한 어른

늙어서야 너를 그리워하는
철면피한 어른

흔하디흔한 한심한 어른
어른의 한 사람으로서 용서를 빈다

적멸보궁

허름한 옷차림의 늙은 사내
부처님 진신사리 앞에 무너져
소리 없이 들먹인다

아내와 삼배를 올리고 가부좌 틀고 앉아
그곳에서는 안녕하시느냐고
부모님 안부를 여쭙는데

늙은 사내
울고 있다

그렇지요
늙어서도 이별은
힘들지요
고통이지요
묵언으로 한마디 건네고 법당을 나선다

시든 몸을 이끌고

가파른 돌계단을 올라야 했던 심정

아프다

고봉준령에 병풍처럼 둘러싸인

산꼭대기 적멸보궁

해님도 추위에 쫓겨 걸음을 서두른다

겨울 파도

해풍이 거세질수록

사납게 일렁이는 파도

모조리 집어삼킬 듯

우악스럽게 달려들다가

해안가 검바위에 부딪혀

하얀 포말을 남기고 부서진다

분노하지 마라

미워하지 마라

증오하지 마라

그래봤자 한낱

물거품에 불과한 것을

겨울 백담사

개울 바닥을 빼곡하게 메운 돌탑이
칼날 같은 추위에 꽁꽁 얼어 있다

맨살을 드러낸 아미타 부처님
홑옷 차림의 만해 선생
추위에 아랑곳하지 않고 미소가 담백하다

부처님은 무슨 사연이 있어
구절양장 절벽 길을 굽이굽이 돌고 돌아
내설악 깊숙한 곳까지 피신을 오신 걸까

인간은 왜 또 여기까지 찾아오는 걸까

부처님도 때로는
모두 물리치고 혼자이고 싶을 때
위로받고 싶을 때
그런 때가 있으신가 보다

마음 한 조각 뚝 떼어

부처님 무릎에 얹어 놓고

발길을 돌린다

추워도 너무 춥다

백 년

체온이 식지 않은 어머니를

바퀴 달린 침대에 누이고

응급실을 나와

로비를 가로질러

엘리베이터를 타고

지하로 내려와

어둑한 복도를 걸어

시체 보관실

냉장고에 모셨습니다

백 년이 걸렸습니다

그때는 몰랐습니다

면사무소 맞은편에

생전 어머니가 다니시던 미용실이 있었습니다

어머니는 거동이 불편해서 집안에서만 기거하셨지만

아주 가끔 미용실에 데려다 달라고 말씀하셨습니다

그곳에 다녀온 날에는

어머니의 심기도 용안도 한결 산뜻했습니다

난 어머니가 말씀하셔야 모시고 나섰을 뿐

제가 먼저 가자고 권유하지는 못했습니다

어머니 용모에 관심이 없어서 그랬을 겁니다

그때는 깨닫지 못했습니다

어머니도 노인이기에 앞서

아름답게 보이고 싶어 하는 여인이었다는 걸

나날이 초췌해지는 당신을 거울에 비추어 보며

어머니는 홀로 방에서 무슨 생각을 하셨을까요

지금 내가 생각하는 그런 생각을 하며

긴 한숨을 지으신 것은 아닐까요

그 미용실

지금은 없어졌더군요

그때로 돌아간다면

어머니가 두 번째 뇌졸중으로 쓰러졌을 때
혼자 힘으로는 음식을 삼키지 못하셨습니다
콧줄로 영양식을 공급해야 한다는 처방에
어쩔 수 없이
정말 마지못해 허락했습니다
그렇게 임종까지의 삼 년
참혹한 여정이었습니다

그냥 보내 드릴 수 없었습니다
그때는 마음의 준비가 덜 되었습니다
모든 게 제 책임이어서
심장이 문드러집니다

다시 그때로 돌아간다고 해도
선택은 바뀌지 않을 겁니다

사랑합니다
가슴에 꼭꼭 숨겨 두었던

불효자의 속마음입니다

다시 그때로 돌아간다면
더는 숨기지 않겠습니다

아버지

이 세상에 없는 사람 중에
딱 한 사람을 만나게 해 준다면
아버지를 만나고 싶다

그리고 묻고 싶다

산간오지의 분교에서 홀로
죽은 엄마가 참을 수 없이 그리워
소리 없이 운 적은 없는지

종손과 가장의 멍에를 벗어 버리고
도망치고 싶은 충동은 없었는지

퍼 주기만 했던 삶이 행복했는지

당신의 꿈은 이루어졌는지

난 오늘 죽으면 다시 태어나고 싶지 않은데

어떻게 살아야 생각이 바뀔 수 있는지

마지막으로 고백하고 싶다

부자간에 갈등이 없었던 것은 아니지만
당신을 원망하지 않는다고
살다 보니 당신을
존경하게 되었다고

묘비

부모님 무덤에

키 작은 묘비를 세웠습니다

차마 보내 드릴 수 없어

꼭 붙잡았던 두 손

오늘 놓아드렸습니다

당신이 가꾸던 텃밭에

냉이꽃이 한창입니다

아지랑이도 가물거립니다

당신이 옥수수를 심던 밭고랑에

내일 아침에는

옥수수를 심겠습니다

수확하면 피붙이와 나누겠습니다

당신이 평생 그랬던 것처럼

유서

- 묘비명

가족은 희망이었네
가족은 행복이었네
가족은 사랑이었네

때로는 그립기도 하겠지만
너무 괴로워 마시게
그대 마음 알고 있네

고맙네

작가의 말

　이별은 피할 수 없다. 이별은 그리움을 남기고, 그리움
은 고통을 동반한다. 많은 삶의 고통이 이별에 근원을 두
고 있다. 감정의 지배를 받는 인간은 이별 후에 침전물처
럼 고이는 고통에서 자유롭지 못하다.

　우리 주변에서 어렵지 않게 마주칠 수 있는 다양한 이
별의 그림자를 시집에 투영하려고 노력했다. 최근 일 년
동안 발행한 2권의 시집에 150여 편의 시를 담았다. 하
고 싶은 말은 얼추 토해 냈다고 생각했는데, 아직 명치가
묵직한 걸 보면 할 이야기가 남아있나 보다. 시공을 뛰어
넘어 공감할 수 있는 삶의 유형을 찾아 부지런히 촉수를
더듬고자 한다.

산다는 건 대단한 일이다

1판 1쇄 발행 2026년 1월 5일

저자 박유인

교정 신선미 **편집** 윤혜린 **마케팅·지원** 이창민

펴낸곳 (주)하움출판사 **펴낸이** 문현광

이메일 haum1000@naver.com **홈페이지** haum.kr
블로그 blog.naver.com/haum1000 **인스타그램** @haum1007

ISBN 979-11-7374-265-1(03810)